AF566117

Dieses Buch gehört:

Sei lieb zu diesem Buch!

Mehr zu Madame Freudenreich und ihren Dinos unter:
www.ep-juniorclub.de/dino

Dieses Buch ist der deutsch-französischen Freundschaft gewidmet
und eine Hommage an die Region Elsass.

Ebenfalls lieferbar:

ISBN 978-3-649-63026-5

ISBN 978-3-649-63864-3

ISBN 978-3-649-64157-5

15 14 13 12 11 29 28 27 26 25
ISBN 978-3-649-63609-0

© 2020 Coppenrath Verlag GmbH & Co. KG,
Hafenweg 30, 48155 Münster
Besonderen Dank an die Familie Mack und den Europa-Park
Weiterer Dank an Michael Mack (Honorarkonsul der Republik Frankreich),
Tobias Mundinger und Nils Feigenwinter
Die Figuren um Mme Freudenreich und die Storywelt sind urheberrechtlich geschützt
und eingetragene Marken der Mack Media & Brands GmbH & Co. KG
Alle Rechte vorbehalten, auch auszugsweise

www.coppenrath.de

„Wir haben niemandem von deinen Dinos erzählt“, flüsterte Leon.
„Ich wusste doch, dass ihr gute Geheimnishüter seid“, antwortete Oma stolz.
„Das haben wir ja auch versprochen!“, rief Sophie.
„Was habt ihr versprochen?“, fragte Mama neugierig.
„Dass wir Oma bald wieder besuchen“, entgegnete Sophie schnell und grinste verlegen.
„Na dann, viel Spaß ihr zwei“, sagte Mama.
Sie gab den Kindern zum Abschied noch einen Kuss, dann fuhr sie davon.

Natürlich wollten Leon und Sophie sofort wissen, wie es Omas Dinosauriern ging. Also machten sie sich gemeinsam mit Oma auf den Weg zum alten Grafen. In seinem Schlossgarten hatten sie in den letzten Ferien all die Dinos untergebracht, die zu groß für Omas Gewächshaus geworden waren.

„Willkommen!“, rief der Graf fröhlich, als er Sophie und Leon sah.

Glücklich stürmten die Dinos auf die Kinder zu. Der Brontosaurus schlabberte Leon zur Begrüßung das Gesicht ab …

… und der kleine Raptor wollte sofort mit Sophie Stöckchen spielen. Alle freuten sich, dass die beiden wieder da waren. Es war, als wären sie nie weg gewesen!

Bei Oma zu Hause gab es viel Neues zu entdecken. Hier kümmerte sie sich inzwischen vor allem um die kleineren Dinos und brütete viele neue Eier aus.

„Das ist ja ein richtiger Dino-Kindergarten!", staunte Sophie, als sie all die putzigen Saurier durch Omas Garten wuseln sah.

„Schaut mal“, sagte Oma und führte die Kinder zu einem Brutkasten. „Der kleine Saurier ist kurz davor zu schlüpfen.“

„Das Ei hat ja schon Risse“, beobachtete Leon.

„Genau! Und deswegen brauche ich eure Hilfe“, sagte Oma. „Ich muss nämlich noch mal schnell auf den Markt, damit ich auch morgen wieder leckere Sahnetörtchen für unsere Dinos backen kann. Kümmert ihr euch um das Ei, solange ich weg bin?“

„Ja klar!“, antworteten die Kinder im Chor.

Stolz pflegten Sophie und Leon das Ei. Sie hielten es warm, bis die Risse in der Schale immer größer wurden. Plötzlich knackte es. Die Eierschale brach! Gebannt beobachteten die Kinder, wie ein kleiner Saurier schlüpfte.
Als er sich aus dem Ei gepellt hatte, machten Leon und Sophie große Augen: Einen solchen Saurier hatten sie noch nie gesehen! Er hatte vier große Flossen und einen ziemlich langen Hals.

„So einen hat Oma bestimmt noch nicht", sagte Sophie staunend.
Aufgeregt blätterte Leon in seinem großen Saurier-Buch und entdeckte schließlich, zu welcher Art der Kleine gehörte.
„Das ist ein Plesiosaurus. Die leben nicht an Land, sondern im Wasser!", rief er. „Wir müssen ihn schnell irgendwohin bringen, wo es nass ist!"
Sophie hatte auch schon eine Idee …

MOSASAURUS
• Meeresreptil
• Lebte vor ca. 71 bis 66 Millionen Jahren in Europa und Nordamerika
• Länge: bis zu 18 Meter
• Gewicht: bis zu 14 000 kg
SARCOSUCHUS
• Vorfahre der Krokodile
• Lebte vor ca. 113 bis 94 Millionen Jahren in Afrika
• Länge: bis zu 12 Meter
• Gewicht: bis zu 8 000 kg
PLESIOSAURUS
• Meeresreptil
• Lebte vor ca. 204 bis 66 Millionen Jahren auf der ganzen Welt
• Länge: bis zu 15 Meter
• Gewicht: bis zu 10 000 kg

In Omas Küche ließ Sophie das Spülbecken mit Wasser volllaufen und setzte den kleinen Plesiosaurus hinein. Sofort planschte er vergnügt drauflos. Da kam Oma auch schon zurück nach Hause.

„Oma!“, rief Leon. „Aus dem Ei ist ein Wassersaurier geschlüpft! Aber hier ist nirgends ein Gewässer, wo er leben kann.“

„Ach, das ist kein Problem“, antwortete Oma und streichelte dem kleinen Plesiosaurus liebevoll über den Kopf.

„Kommt einfach mal mit, ich will euch etwas zeigen!“, sagte sie zu den Kindern. „Und nehmt eure Badesachen mit“, fügte sie augenzwinkernd hinzu.

Oma setzte den Plesiosaurus in eine Wanne und führte die Kinder durch das Gartentor in den Wald. Sie folgten einem kleinen Weg, bis sie zu einem abgelegenen, mit Büschen ganz und gar zugewachsenen Ort gelangten. Als Oma die Büsche zur Seite bog, fielen Leon und Sophie vor Staunen fast die Augen aus dem Kopf!

Vor ihnen lag ein verlassenes Freibad mit Rutschen, einem Sprungturm und vielen Schwimmbecken. Und darin wimmelte es nur so von Wassersauriern! Da ein Mosasaurus, dort ein Sarcosuchus und sogar ein ausgewachsener Plesiosaurus schwamm durch das Becken.

„Das alte Freibad habe ich vor ein paar Jahren entdeckt“, erklärte Oma. „Und seitdem ziehe ich hier all meine Wassersaurier auf! Es ist zwar ein bisschen kaputt, aber die Saurier stört das nicht.“

„Davon haben wir in den letzten Ferien ja gar nichts mitbekommen“, sagte Sophie verwundert.

„Was meint ihr, wo ich jeden Morgen um 5 Uhr hingeradelt bin?“, lächelte Oma verschmitzt. „Ich war meine Wassersaurier füttern!“

Oma zog ein Sahnetörtchen hervor und warf es über das große Becken. Der gewaltige Mosasaurus sprang in die Höhe, schnappte es in der Luft und verschwand platschend wieder im Wasser.

„Na komm", sagte Leon und wollte den Plesiosaurus zu den anderen ins Becken bringen. Doch die riesigen Saurier machten dem Kleinen Angst. Er klammerte sich an Sophies Bein.

„Ich glaube, wir müssen ihm erst mal zeigen, wie lieb die anderen sind", vermutete Sophie.

„Und wie viel Spaß man mit ihnen haben kann!", fügte Leon hinzu.

„Geht nur nicht in das abgesperrte Becken, da fehlt ein Gitter vor dem Abfluss", warnte Oma.

Leon und Sophie stürzten sich zu den Sauriern ins Wasser. Sie tauchten mit ihnen bis zum Beckengrund und ließen sich vom Sarcosuchus aus dem Wasser katapultieren. Was konnte es Besseres geben, als mit echten Wassersauriern in einem Schwimmbad zu planschen? Da machten auch die Löcher in der alten Rutsche nichts!

Immer wieder versuchten Leon und Sophie, den schüchternen Plesio zum Mitspielen zu ermutigen. Doch erst als sie den Sauriern das Ballspielen beibrachten, wurde der Kleine aufmerksam. Mit großen Augen folgte er jeder Bewegung. Schließlich flog der Ball über ihn hinweg und er sprang fröhlich hinterher.

Stolz fing der kleine Saurier den Ball in der Luft. Doch als Leon und Sophie sahen, worauf er zuflog, erschraken sie. „Vorsicht!“, riefen die beiden noch, aber da war es schon passiert. Der Plesiosaurus landete genau im abgesperrten Becken …

… und verschwand mit dem Wasserstrom durch den Abfluss. Entsetzt standen Oma und die Kinder am Beckenrand. Hinterherzuschwimmen war viel zu gefährlich! Doch wohin führte der Abfluss bloß?

Im Keller des Freibads fanden sie eine alte Karte, die das Abwassersystem zeigte.
Mit einem Stift verfolgte Leon den Weg des Rohres.
„Da!", rief er schließlich. „Es führt aus dem Bad bis zum Fluss!"
„Dort muss der kleine Plesio gelandet sein", sagte Oma.
Nachdem sie den Ausgang des großen Abflussrohrs am Ufer des Flusses gefunden hatten,
paddelten sie mit einem Ruderboot los, um den verlorenen Saurier aufzuspüren.

Als sie ihn nicht entdecken konnten, begann Oma, sich Sorgen zu machen. Wie sollten sie den kleinen Plesio in diesem großen Fluss bloß finden? Was, wenn er sich aus Angst am Grund des Flusses versteckte?
„Wir müssten irgendwie unter Wasser suchen", sagte Oma verzweifelt.
„Zum Beispiel mit einem U-Boot", überlegte Leon. „Aber wo sollen wir das bloß herbekommen?"

Plötzlich machte Sophie große Augen. „Wir können mit den Sauriern tauchen!", rief sie. „Das haben wir doch schon den ganzen Tag geübt."
Oma und Leon blickten auf. Das klang nach einer richtig guten Idee!
„Ich weiß auch schon, wer uns dabei helfen kann", sagte Oma.

Mit seinem Trecker fuhr der Graf vor das größte Becken im Freibad.

„Du hilfst uns wirklich sehr“, bedankte sich Oma bei ihm.

„Für die Saurier mache ich doch alles“, lächelte der Graf.

Gemeinsam befüllten sie einen Anhänger mit Wasser. Dann sprangen Mosasaurus und der große Plesiosaurus platschend hinein.

Die untergehende Sonne tauchte den Fluss in ein goldenes Licht. Der Graf fuhr den Anhänger bis ans Ufer. Er öffnete ihn, sodass die beiden Saurier ins Wasser rutschen konnten. Oma und die Kinder zogen sich ihre Taucherbrillen an. Es konnte losgehen!

Auf dem Rücken der Saurier jagten Oma, Leon und Sophie den Fluss hinauf. Immer wieder tauchten sie auf und ab, um unter Wasser nach dem kleinen Plesiosaurus Ausschau zu halten. Was für ein wilder Ritt!

Als sie schließlich ganz tief hinabtauchten, entdeckten sie in einiger Entfernung plötzlich ein kleines Geschöpf. Und tatsächlich: Es war der Plesiosaurus! Glücklich schwammen sie auf ihn zu, da schloss sich auf einmal ein Fischernetz um den Kleinen und zog ihn nach oben!

Erschrocken beobachteten Oma und die Kinder, wie ein Fischerboot das Netz an Bord hob. „Wir müssen irgendwie an das Netz herankommen, bevor die Fischer unseren Plesio entdecken", sagte Leon leise.

Flüsternd schmiedeten sie einen Plan, wie sie den kleinen Saurier unbemerkt befreien konnten. Dann tauchte der große Plesiosaurus mit den Kindern lautlos ab …

… und dicht neben dem Boot wieder auf. Leon und Sophie kletterten am langen Hals des Plesiosaurus empor. Heimlich öffnete Sophie das Fischernetz. Als der verängstigte Plesio sie sah, freute er sich riesig. Leon nahm ihn aus dem Netz und schloss ihn fest in seine Arme.

„Beim Klabautermann!", rief plötzlich der alte Kapitän.
Er hatte sie entdeckt! Vor lauter Schreck stolperte er rücklings über die Reling des Schiffes – und fiel platschend in den Fluss.

„Hilfe, Hilfe!“, rief der Kapitän. Doch die Strömung war zu stark.
Erschrocken rannten der Fischer und die Fischerin zum Bug des Schiffes.
Doch wie sollten sie ihren Käpt’n retten?
In diesem Moment tauchte der Mosasaurus unter ihm auf.
Oma hob den Kapitän aus dem Wasser und sagte: „Wenn ich bitten darf!“

Als die Fischer sahen, dass Oma ihren Käpt'n gerettet hatte, halfen sie den beiden dankbar aufs Schiff. Auch Leon und Sophie kamen an Bord. Gemeinsam mit Oma erklärten sie, was es mit den Sauriern auf sich hatte und dass den Fischern versehentlich der kleine Plesiosaurus ins Netz gegangen war.

„Echte Saurier", murmelte die Fischerin überwältigt. „Das hätte ich mir nie träumen lassen!"

„Sie und der Mosasaurus ... Sie haben mich gerettet", strahlte der Kapitän Oma an. „Wenn wir zum Dank irgendetwas für Sie tun können, sagen Sie es einfach!"

„Ach, da wüsste ich schon etwas", antwortete Oma vergnügt.

Am nächsten Morgen halfen die Fischer, das Freibad auf Vordermann zu bringen. Sie reparierten den Sprungturm und verlegten neue Fliesen. Sogar Mosasaurus und Plesiosaurus packten mit an.

Zur Freude von Oma und den Kindern befestigten sie nicht nur ein neues Gitter vor dem gefährlichen Abfluss, sondern zeigten ihnen auch, wie man die Löcher in der Rutsche flicken konnte.

Als sie fertig waren, blickte Oma glücklich auf ihren eigenen kleinen Wasserpark. Zur Wiedereröffnung brachte der Graf auch Omas große Dinos mit. Der kleine Compsognathus jagte die neue Rutsche hinab, die Fischerin fütterte den Mosasaurus mit einem Gugelhupf und sogar der T-Rex traute sich mit Schwimmflügelchen ins tiefe Becken.

Leon und Sophie planschten mit den Sauriern im Pool, während sich der kleine Plesio eng an den großen Plesiosaurus schmiegte.

„Was war das wieder für ein Abenteuer", sagte Oma. „Das reicht für drei Urlaube!"

„Dabei fangen die Ferien doch gerade erst an!", riefen Leon und Sophie.

Und da hatten sie recht: Auf die beiden warteten noch viele wunderbare, nasse Tage mit Omas Sauriern!